AF245074

LA DÉLIVRANCE D'ARRAS,

PAR

LE MARÉCHAL DE TURENNE,

LE 25 AOUT 1654.

ODE

PAR M. LERAT, PROFESSEUR DE RHÉTORIQUE, A SEDAN.

A LILLE,

IMPRIMERIE DE LELEUX, GRANDE PLACE.

1820.

LA DÉLIVRANCE D'ARRAS,

PAR LE MARÉCHAL DE TURENNE,

LE 25 AOUT 1654.

ODE.

Que le chêne au laurier s'unisse sur ta tête,
Arras ! noble cité, prends tes habits de fête;
Solennise le jour à jamais glorieux
Où, malgré les efforts d'une ligue hautaine,
    La valeur de Turenne
Te préserva d'un joug trop long-temps odieux.

Ce beau nom de Français que la gloire décore,
Que le monde respecte et dont l'homme s'honore,
On voulait, sans retour, en dépouiller tes fils;
On voulait, de leurs droits usurpant l'héritage,
    Les rendre à l'esclavage,
Et te ravir encore à l'empire des lis.

L'Ibère se disait, dans sa trompeuse joie :
« Murs que je possédai, redevenez ma proie,
» Sous mon sceptre opulent fléchissez de nouveau. »
Il disait, et déjà l'arbitre des batailles,
    Au pied de ces murailles
Avait marqué sa chûte et creusé son tombeau.

(4)

Ce prince qui naguère, intrépide et fidèle,
Avait orné son front d'une palme immortelle
Dans les champs de Rocroi, dans les plaines de Lens,
Condé souillait sa gloire, et, contre sa patrie,
  Déployait en furie
De la rébellion les étendards sanglans.

Enflammé de dépit, d'orgueil et de colère, (1)
Il guide vers Arras le Germain et l'Ibère :
Au mépris de son rang, au mépris de sa foi,
Condé vient sous ces murs, qu'il insulte et menace,
  Montrer avec audace
Un sujet, un Français armé contre son Roi.

Bientôt des ennemis les nombreuses cohortes
D'Arras qui les repousse investissent les portes,
Et dans un cercle étroit en resserrent l'abord :
Bientôt, sortis des flancs de machines horribles,
  Mille globes terribles
Portent dans les remparts et la flamme et la mort.

Citoyens, méprisez le danger qui vous presse;
En demeurant toujours unis et sans faiblesse,
D'un injuste agresseur confondez les projets;
Qu'à l'amour de Louis votre zèle réponde;
  Mondejeu (*) vous seconde : (2)
Prouvez à l'étranger que vous êtes Français.

Généreux citoyens ! redoublez de constance;
Louis connaît vos maux et votre résistance;
Ils pénètrent son cœur, et fixent ses regards;
Il commande; soudain, par sa voix animée,
  Une intrépide armée
Vole, pour secourir vos fidèles remparts.

(*) Gouverneur d'Arras.

Turenne la conduit, Turenne, ce grand homme,
Digne des plus beaux jours de la Grèce et de Rome;
Turenne, le support, l'idole du soldat;
Turenne, le fléau des lâches et des traîtres,
    Le vengeur de ses maîtres,
Et le plus ferme appui du trône et de l'état.

    Il arrive, et déjà son heureuse présence
Dans des murs ébranlés fait entrer l'espérance.
Sur lui seul désormais leur salut est fondé.
O toi, de qui dépend la victoire incertaine,
    Dieu ! seconde Turenne,
Renverse par ses mains et l'Ibère et Condé.

    De ces fiers ennemis l'active prévoyance
Songe, en pressant Arras, à leur propre défense ;
Autour d'eux, sous ces murs qu'ils obsèdent en vain,
Un art ingénieux, enfanté par la crainte,
    Creuse une double enceinte
Que borde l'appareil de cent bouches d'airain.

    Devant qui tomberont ces fatales barrières?
Qui pourra disperser ces phalanges altières ?
Turenne.... A ce grand nom l'ennemi s'est troublé;
Il cesse tout-à-coup de se croire invincible,
    Et par ce bras terrible,
Même avant de combattre, il se sent accablé.

    Bientôt luira le jour de votre délivrance,
O Français, qu'on voudrait séparer de la France!
Dignes enfans d'Arras ! bientôt ces bataillons
Qui lancent parmi vous les éclats de la foudre,
    Renversés dans la poudre,
Couvriront de débris vos fertiles sillons.

Déjà de nos Français la fougueuse vaillance
Demande, à haute voix, que le péril commence.
Turenne va guider leur élan généreux ;
Mais il diffère encore, et veut que la nuit sombre,
Les couvrant de son ombre,
Procure à leurs efforts un succès plus heureux.

L'heure approche ; l'armée, avec des cris de joie,
Sous les yeux du héros accourt et se déploie ;
Tel, autour de sa reine, un diligent essaim
S'apprête, dans la ruche, en agitant ses ailes,
A faire aux fleurs nouvelles
D'un nectar odorant le précieux larcin.

Avant de les mener à l'assaut, au carnage,
Turenne à ses guerriers qu'emporte leur courage,
De ses conseils encor fait entendre la voix :
Soldat chrétien, il veut que son armée entière,
Par une humble prière,
Implore, en ce grand jour, l'appui du Roi des Rois. (3)

Voyez-vous ces mortels, nourris dans les alarmes,
Incliner vers la terre et leurs fronts et leurs armes,
Et fléchir les genoux, en invoquant le ciel ?
L'ange qui toujours plane et veille sur la France,
Traverse la distance,
Et porte leur hommage au pied de l'Éternel.

Ce Monarque absolu, mais impassible et juste,
Qui, par-delà les cieux, du haut d'un trône auguste,
Des mondes à son gré fait mouvoir les ressorts ;
Dieu, qui voit des Français et la foi véritable,
Et la cause équitable,
S'apprête à couronner leurs généreux efforts.

Il ordonne aussitôt à la lune docile
De voiler la clarté de son disque tranquille,
Et d'éteindre un moment ses feux brillans et doux : (4)
Turenne ainsi pourra, dans l'ombre tutélaire,
  En attaquant l'Ibère,
Le trouver incertain d'où partiront les coups.

Mais non, cet ennemi, qu'on espère surprendre,
Veille au sein de la nuit, et songe à se défendre ;
Le bronze de son camp mugit avec fracas.
Solis (*) révèle au loin le dessein de Turenne (5)
  Et l'attaque soudaine
Où, dans l'obscurité, s'avancent nos soldats.

Qu'ai-je entendu ? Quel bruit ! quelles clameurs funèbres !
Quels feux inopinés éclairent les ténèbres ?
A l'abri d'un rempart élevé par la peur,
Et s'armant d'un long tube, émule du tonnerre,
  La fureur de l'Ibère
De nos brillans guerriers repousse la valeur.

Étonnés un moment, mais toujours intrépides,
Bravant du plomb mortel les globules rapides,
Sur le funeste mur s'élancent nos Français,
En répétant ce cri sorti du fond de l'ame,
  Ce cri qui les enflamme
Au milieu des dangers, au milieu des succès.

Ils montent : le rempart s'ébranle, cède et croule ;
Dans le camp de l'Ibère ils pénètrent en foule....
Quel carnage !.... le trouble et l'effroi dans le cœur,
L'étranger éperdu, si superbe naguère,
  Embrasse en vain la terre,
Son sang coule à grands flots sous les coups du vainqueur.

(*) Général des Espagnols.

(8)

Ce qu'épargne le fer, s'abandonne à la fuite;
Condé seul veut, suivi d'une troupe d'élite,
Ramener la fortune, en bravant le trépas :
Seul contre les vainqueurs, intrépide, il s'avance;
La terreur le devance;
Tout plie épouvanté sous l'effort de son bras.

Le coupable succès de l'illustre rebelle
Va couvrir nos drapeaux d'une honte éternelle....
Mais Turenne, à l'aspect de ce danger pressant,
Accourt, repousse enfin son terrible adversaire,
Qui frémit de colère,
Cède, mais en héros, et fuit en menaçant.

Il fuit;.... à la clarté de l'aurore naissante,
On voit encor de loin son écharpe sanglante
Flotter sur sa cuirasse, et disparaître aux yeux;
Tel, au plus haut des airs, que sa flamme dévore,
Un affreux météore
Brille, et s'évanouit dans le vague des cieux.

C'en est fait; dans ce jour de péril et de gloire,
La valeur de Turenne a fixé la victoire :
Arras est libre enfin; il est libre, et ses fils,
Pour prix de leurs efforts, pour prix de leur courage,
Trouveront, d'âge en âge,
La paix et le bonheur sous l'ombrage des lis.

Des fruits de leurs travaux et de leur industrie
Ils n'enrichiront plus que leur belle patrie,
Ils ne reconnaîtront de maître que la loi;
Et si, pour assouvir les fureurs de la guerre,
Leur sang est nécessaire,
Ils ne le verseront qu'en défendant leur Roi.

(9)

Honneur à ce héros, dont le puissant génie,
Annullant les complots d'une ligue ennemie,
Au joug de l'étranger déroba des Français;
Qu'au sein de ces remparts, dont sa haute vaillance
        Sauva l'indépendance,
Son nom dans tous les cœurs soit gravé pour jamais.

Ah ! vous en garderez la mémoire immortelle,
Courageux habitans de la cité fidèle,
Et vous la transmettrez à vos derniers neveux ;
L'union, l'alégresse et la reconnaissance,
        De votre délivrance
Consacreront le jour si justement fameux.

Vous n'oublîrez jamais que, dans votre détresse,
Louis arma pour vous une main vengeresse ;
Qu'il vous rendit enfin libres et triomphans.
De son amour pour vous, de ses bienfaits insignes
        Vous serez toujours dignes,
En restant dévoués à ses nobles enfans.

———

Cette Ode a été envoyée, en Juillet 1819, à la Société
littéraire d'Arras, qui en avait mis le sujet au concours.
L'auteur ignore quel a été le résultat de ce concours.

NOTES.

—

(1) **Enflammé de dépit, d'orgueil et de colère....**

« Le cardinal Mazarin, pour satisfaire son ressentiment contre le prince de Condé, projeta la conquête de *Stenay*, qui était la place de sûreté favorite de ce prince. Fabert eut ordre d'en faire le siège, et le vicomte de Turenne fut chargé du soin d'en empêcher le secours.

» Le prince de Condé, piqué de ce qu'on s'attachait à une ville qui lui appartenait, et ne voyant pas jour à la pouvoir secourir, se proposa d'assiéger, de son côté, quelque place de réputation, dont la conquête put le venger de la prise de *Stenay*, et même dédommager les Espagnols de toutes leurs pertes passées. Dans cette vue, il fit consentir l'archiduc Léopold au siége d'ARRAS. » (Histoire de Turenne, par Raquenet, livre III.)

(2) **Mondejeu vous seconde....**

Le comte de Mondejeu, gouverneur d'Arras, et depuis maréchal de Schullemburg. Turenne dit dans ses mémoires, (livre III, an 1654) : « Monsieur de Mondejeu se conduisait aussi bien qu'un gouverneur peut faire. »

(3) **Implore, en ce grand jour, l'appui du Roi des Rois....**

« Avant l'attaque des lignes, monsieur de Turenne fit faire des prières publiques à la tête de chaque bataillon et de chaque escadron, pendant plusieurs jours. Jamais il ne s'est vu, dans une armée, tant de marques d'une véritable dévotion. » (Mémoires du duc d'Yorck, liv. II.)

(4) **Et d'éteindre un moment ses feux brillans et doux....**

« La lune, qui avait éclairé pendant la marche, se coucha dans le moment où l'on arriva au lieu destiné ; elle avait à peine disparu, que la nuit devint obscure. » (*Idem, idem.*)

(5) **Solis dénonce au loin les projets de Turenne....**

« Don Ferdinand de *Solis*, par le quartier duquel commença l'attaque des lignes, et d'où partit le premier coup de canon.